Pomarèdes au moment de son exécution.

NOTICE

SUR LES DERNIERS FAITS ET GESTES

DE POMARÈDES,

DEPUIS SA CONDAMNATION JUSQU'A SON SUPPLICE.

1843

NOTICE

SUR LES DERNIERS FAITS ET GESTES DE POMARÈDES,

DEPUIS SA CONDAMNATION JUSQU'A SON SUPPLICE.

Le drame judiciaire auquel nos populations ont pris un si vif intérêt, est arrivé à son sanglant dénouement. Le crime a trouvé son châtiment; la société a été vengée par la justice humaine. Puisse la Justice divine recevoir le coupable en sa sainte miséricorde!

En présence de la pieuse résignation et de la fin chrétienne de Pomarèdes le brigand, l'Éditeur de cette notice a cru faire une œuvre utile en réunissant tous les détails qu'il a pu recueillir sur ses derniers jours. Il a pensé qu'on verrait, avec fruit, cet homme, pendant plusieurs années la terreur de son pays, revenir à de meilleurs sentimens, et appliquer au repentir la même force de corps et d'esprit qui l'avait poussé au mal et rendu apte à y persévérer. Un retour si grand des extrémités du vice froidement conçu et exécuté, jusqu'aux pieuses émotions que seule peut donner une foi pure, une récipiscence illuminée par les saintes clartés de la religion, méritaient d'être conservés comme un exemple, entre tous, de l'influence salutaire que les vérités chrétiennes exercent, fussent malgré lui, sur le cœur le plus endurci. Heureux celui qui écoute à temps leurs paroles bienfaisantes, et s'y conforme avant qu'il soit trop tard; heureux aussi le prêtre, auquel il a été donné de réconcilier avec Dieu une âme pécheresse et de la ramener, des marches de l'échafaud, jusque dans le giron de l'Église, qui a des entrailles à sentir toutes les misères et des pardons pour tous les péchés lavés par un repentir plein de sincérité!

Pomarèdes entendit prononcer sa condamnation avec un calme apparent, démenti cependant par la sueur qui inondait son visage. Il dit aux gendarmes qui, en le reconduisant en prison, lui enjoignaient de se hâter : « Cela ne presse pas », et comme ils lui faisaient voir l'escalier du banc des accusés qu'il fallait descendre : « N'ayez pas peur, je ne tomberai pas. » Il passa tranquillement cette nuit et dormit bien ; mais, à son réveil, il parut bien plus affecté que la veille : la nuit porte conseil et ses réflexions durent être cruelles.

Il dit qu'il avait deviné le sort qui l'attendait en voyant la pâleur de M. le Président, quand on le fit remonter à la cour d'assises pour entendre son jugement.

Le lendemain, on envoya retirer les habits qu'on lui avait prêtés pendant le procès, et qui ne lui appartenaient pas ; il en fut chagriné, et fit prier en grâce de lui laisser au moins le gilet, parce qu'il avait froid à la poitrine ; on y accéda.

Les prisonniers soumis aux fers comme lui, ont un pantalon qui se boutonne sur les côtés pour l'ouvrir à volonté, et y passer les fers, afin qu'ils ne les blessent pas. Depuis qu'à Béziers il avait tenté de se détruire, on lui mettait chaque soir, de crainte qu'il ne renouvelât ses tentatives de suicide, la camisole de force qui a 50 courroies par derrière ; et, comme en se couchant, il ne pouvait se couvrir, n'ayant l'usage ni de ses pieds, ni de ses mains, c'était un détenu qu'on lui avait donné pour compagnon, et auquel était confié le soin d'une incessante surveillance, qui le couvrait et l'aidait dans tous ses besoins. Ce dernier s'en est acquitté avec une telle patience et une telle loyauté, malgré tout ce qu'avait de rebutant une pareille mission, que Pomarèdes lui-même n'a rien eu de plus pressant à recommander à ses derniers momens, que de prier son confesseur de ne pas l'oublier auprès de son compagnon dont il avait tant à se louer.

Un soir qu'il voulut faire le mutin, le geolier, pour le punir, lui serra plus fortement les courroies de la camisole de force, ce qui lui fit faire la grimace et le mit fort en colère. Alors le geolier lui dit que, s'il ne voulait pas rester tranquille, il lui ferait retirer, dès le lendemain, l'ordinaire, et qu'il serait soumis au régime de la prison. Mais il ne s'en inquiéta nullement, et lui dit en patois, que, heureusement pour lui, il ne pouvait pas tout ce qu'il disait, et il lui a jusqu'au départ gardé rancune.

Quelques jours seulement, avant l'ouverture des assises où il devait comparaître, il reçut l'aumônier du palais, et depuis il le vit toute les fois que ce digne ecclésiastique le désirait. Ainsi tombent tous les bruits qu'on avait fait courir sur Pomarèdes, et bien lui en valut ; car à cette soumission il dut beaucoup d'adoucissemens à son sort soit matériellement, soit spirituellement.

Sa conduite vis-à-vis de son confesseur fut telle que, le 26 janvier, il fut admis à communier, malgré l'opinion généralement reçue, qu'un condamné à mort ne peut l'obtenir Monseigneur l'Évêque, en vertu de ses pouvoirs, autorisa l'aumônier à l'admettre, s'il l'en croyait digne, et c'est ce qui a eu lieu en effet.

L'œuvre des prisons allouait pour sa nourriture 2 francs par jour, au cantinier du Palais ; on lui donnait, en outre, de la chandelle, et, quand il faisait froid, on lui portait du feu le matin et le soir.

Messieurs de l'œuvre des prisons en le visitant un jour, introduisirent un dessinateur qu'il reconnut aussitôt : « Vous êtes, lui dit-il, un de ceux qui m'avez dessiné pendant les débats ; je vous ai vu, et je dois vous avoir donné de la peine, car je me plaçais et remuais de manière à vous gêner beaucoup. » Comme l'artiste lui fit voir une de ses lithographies, il se plaignit de n'être pas ressemblant : « Je n'ai pas les joues aussi larges ; si vous voulez je poserai à votre gré, mais vous me donnerez un exemplaire de mon portrait. »

Il avait grande confiance dans son pourvoi, qu'il avait formé, dès le lendemain de sa condamnation, en même temps qu'un recours à la clémence royale ; cependant, il témoigna de l'inquiétude quand ce pourvoi mit tant de retard à être adopté. Il préférait à un renvoi une commutation à perpétuité ; mais il ne croyait pas mourir sur l'échafaud. Dans les premiers temps, il disait : « Je puis mourir, mais non pas comme on croit. »

On voulait savoir s'il avouerait le coup tiré sur M. Barral, de Florensac, et d'une manière adroite on lui demanda s'il ne pourrait pas donner des renseignemens, la famille craignant d'avoir des ennemis ; tout ce que l'on put en tirer, c'est que la famille Barral pouvait dormir tranquille, etc.

Pour Carratier, que l'aubergiste de Béziers dit mal à propos qu'il s'est rendu sur les lieux par des chemins de traverse, et n'a pas été remiser chez lui ; que le boucher Pouchon a menti aussi dans cette affaire.

Pour Cauvy, dans une conversation avec son co-détenu, et parlant des contrées où il y a beaucoup de cerises : « Le jour que j'allais pour arrêter Roqueblave, les endroits en étaient tout couverts, tout en était ; » et par réflexion : « Dire que 5 ans avant j'étais le plus honnête homme du monde, etc. »

Il rêva une fois qu'il avait été exécuté, et qu'après il s'était trouvé vivant, et quoique en songe, il s'entrouva dans un grand étonnement. L'avant-veille de son départ, il rêva aussi que M. le Procureur-général était entré avec plusieurs autres personnes pour lui signifier le rejet de son pourvoi.

Un journal de Béziers a fait une mauvaise plaisanterie en admettant dans ses colonnes, l'histoire d'un poisson qu'il aurait avalé tout entier et d'un trait, afin de s'asphyxier.

Depuis que le cantinier du Palais est changé, les Sœurs de la Miséricorde lui portaient son ordinaire, plus soigné et plus abondant, et il disait à son co-détenu : « Au carême tu verras quel bon maigre nous feront faire ces Sœurs, » car il comptait toujours ne pas mourir.

Parfois il reprenait une partie de sa tranquillité, et il lui venait de singulières idées ; en voici une fort originale. Ils devisaient ensemble lui et son compagnon, et à son tour il dit en patois : Sais-tu que je coûte beaucoup à l'œuvre des prisons ; je sais un moyen de les faire rentrer dans leurs frais et bien au-delà. — Et comment cela, lui répondit son co-détenu ! — Lors de la Semaine sainte, ici on place à la porte des Eglises des bassins pour toutes les œuvres de charité, et surtout un pour les prisonniers ; si ces Messieurs veulent bien se donner la peine d'annoncer par tous les moyens possibles de publicité, à Montpellier, Pézenas, Béziers et Bédarieux, qu'on me vera à la grille de la chapelle ce jour-là, je leur promets une bonne récolte.

L'avant-veille de son départ, au soir, un peu avant la visite de son confesseur, mais ignorant tout, il disait : « Si je deviens libre, j'irai plutôt piocher que de recommencer mon genre de vie, mais jamais plus je n'irai à Pézenas : je déteste ce pays, ils ont fini de m'y voir. » L'aumônier entrant interrompit la conversation.

Quand on sut par les journaux que le pourvoi avait été rejeté, le 15 janvier, par la cour de cassation, chaque vendredi, à Montpellier, une foule considérable se réunissait, dès avant cinq heures du matin, quelque temps qu'il fît, sur le Plan et aux abords du Palais pour le voir partir, sur la foi des on-dit. D'un autre côté, à Pézenas, chaque samedi, jour de marché , des masses de curieux de tous les pays circonvoisins y affluaient pour assister à l'exécution de Pomarèdes, de telle façon que le samedi, 11 février, plus de 10,000 étrangers, d'après le bruit qui en avait couru dans les campagnes, se rendirent à Péze- nas, qui fut littéralement affamée; aussi l'autorité prit-elle, pour l'avenir , des mesures d'ordre et de prévision.

Cependant, le 24 janvier, Pomarèdes écrivit à M. de Mas- silian , la lettre dont nous donnons ci-inclus le *fac-simile* , et la remit, à M. l'Aumônier qui suivit religieusement l'intention qu'il lui avait exprimée , en l'adressant à M. de Massilian , un instant après l'exécution, encore tout ému et bouleversé de la cruelle mission que les devoirs de son saint ministère venaient de lui faire accomplir. En exauçant ainsi la dernière prière d'un mort, il accompagna sa lettre des lignes suivantes :

A Monsieur de Massilian , Conseiller à la Cour royale de Montpellier .

« Monsieur le Conseiller ,

»J'ai été chargé par Pomarèdes de vous remettre la pièce ci- »incluse, *après l'entière fixation de son sort ;* maintenant que tout »est consommé, je m'empresse de vous la transmettre. Je dois »vous dire qu'il a exprimé le désir que cet écrit fût connu du »public. Je vous prie d'agréer , Monsieur le Conseiller , l'hom- »mage de mon respect.

» Eug. CELLIER , Chanoine honoraire ,
» Aumônier du Palais. »

Pézenas , ce 18 Février 1843.

M. Cellier , appelé à Béziers, transmit sa lettre au Procureur du roi , pour la joindre aux pièces que ce dernier avait à faire passer à Montpellier , et qui étaient relatives à l'exécution de Pomarèdes , afin qu'elle fût remise de suite à son adresse , ce qui eut lieu le même soir.

Nous sommes heureux d'avoir pu nous procurer le brouillon ou l'idée-mère de la lettre de Pomarèdes, qu'il avait dictée dans sa prison à son co-détenu ; nous la reproduisons *textuellement*. On y remarquera bien des différences avec sa lettre définitive, mais le fond est le même.

« Mon âme pénétrée de vénération , guidé par des senti-
»mens magnanimes , vient aujourd'hui révéler la vérité et ren-
»dre justice à la personne qui par moi a été faussement accusée ;
»ma conscience m'exhorte sur l'honneur qui fait mon repentir,
»des forfaits que je me suis rendu coupable. Oui, je dois le dire,
»Rouyre n'a que......

»Différemment , je n'ai jamais eu de complices ; j'ai exécuté
»mes funestes desseins seul. Oui, Rouyre est étranger en tout ,
»hors du fait mentionné ci-dessus ; oui, j'affirme sincèrement
»que les diverses accusations que j'ai pu faire courir sur son
»compte étaient fausses : ainsi sur cela, il a droit de rentrer à la
»société et d'être regardé comme honnête citoyen.

»Je souhaite que la justice puisse découvrir les malfaiteurs qui
»restent dans le pays , ou que mon jugement leur serve de bon
»exemple. J'implore la miséricorde divine pour eux et pour
»moi, en demandant pardon à Dieu de la pusillanimité que j'ai
»eue et qu'aujourd'hui m'inflige une violente douleur.

» J'adresse ma lettre à Monsieur de Massilian , conseiller à la
»Cour royale de Montpellier, et Président dans ma section d'as-
»sises , et je prie ce magistrat de vouloir bien faire insérer son
»contenu dans les journaux, espérant qu'il accueillera ma très-
»humble prière avec la même sagesse et la même douceur que
»sa bouche s'est exprimée pour prononcer l'arrêt de ma condam-
»nation. »

Les pièces de son procès revinrent à Montpellier le 12 février, et de suite on prit les dispositions nécessaires pour son exécution. M. le Procureur du roi de Béziers , magistrat plein d'activité et de zèle, se rendit à Pézenas avec un huissier du Tribunal de Béziers, pour se concerter avec les autorités de cette ville et donner ses ordres. 140 hussards du régiment qui se trouve à Béziers s'y rendirent aussi , et plusieurs brigades de gendarmerie ; les exécuteurs des hautes-œuvres de Perpignan, de Nismes et de Montpellier arrivèrent de leur côté. Dès le 16, au soir, on expédia de Montpellier l'instrument du supplice , qui arriva à Pézenas le 17 au soir. On le remisa jusqu'à minuit dans la cour de la Maison de Ville; mais, pour s'y rendre la charrette , volumineusement chargée et attelée de deux chevaux, avait à passer par des rues très-étroites. A un détour, elle tourna brusquement trop court, et il en résulta que plusieurs pièces furent brisées. Si au lieu du pied des deux jumelles les deux têtes s'étaient brisées, l'exécution ne pouvait avoir lieu le lendemain, et il eût fallu envoyer une estafette à Montpellier, pour prévenir de l'accident et faire suspendre le départ du condamné, jusqu'à l'arrivée de l'échafaud de Nismes. Mais alors, que de désappointements, et que serait-il advenu? On s'empressa de faire raccommoder les pièces endommagées, et l'exécution put avoir lieu. L'échafaud fut dressé sur la place Saint-Jean, faisant face au pré, l'escalier tourné vers l'hôtel des Trois Pigeons et la prison d'où le condamné devait arriver. A 2 heures du matin tout était prêt.

Samedi 18 février, à 4 heures du matin, M. l'Aumônier des prisons de Montpellier, accompagné de plusieurs membres de l'OEuvre des prisons, entra dans la prison de Pomarèdes. On l'appela; il se réveilla comme en sursaut, en répondant : Que me veut-on? Le digne Aumônier lui dit : Pomarèdes, on veut que vous partiez pour Pézenas; je vous ai promis de ne pas vous abandonner, je partirai avec vous; du courage. Il répondit aussitôt : « Mais pas avant de me confesser. » On lui dit alors qu'on allait dire la messe à son intention, et qu'il y assisterait, ce qui eut lieu; auparavant on lui avait retiré la camisole de force. Au sortir de là, on lui donna un bouillon, et, pendant qu'il se refroidissait, Pomarèdes demanda pardon au guichetier qui chaque soir lui mettait la camisole de force et avec lequel depuis quelques jours il était brouillé. Un petit verre de Cognac lui fut offert; il engagea son compagnon de prison à en boire avec lui; mais celui-ci, profondément ému, l'ayant refusé et s'étant retiré après lui avoir adressé quelques paroles de consolation, Pomarèdes profita de son absence pour se louer de ses soins depuis huit mois, et surtout de sa patience méritoire. C'est dans ces momens qu'il répond à ces Messieurs de l'œuvre des prisons qui l'exhortaient à avoir du courage: « Soyez tranquilles, j'en aurai comme lorsque je faisais le mal; je le faisais de tout cœur, pour le bien je saurai avoir le même courage : tout mal ou tout bien, voilà comme je suis. »

« Cinq heures sonnaient lorsque le condamné monta dans »une voiture de louage ouverte, espèce de char-à-banc, où »M. l'abbé Cellier, le maréchal-des-logis de gendarmerie et un »gendarme prirent place. La voiture, escortée par d'autres gen- »darmes à cheval, se dirigea vers la route de Pézenas, en pas- »sant par la porte du Peyrou, la rue de la Merci et le cours »des Casernes. Malgré l'heure matinale et la profonde obscurité

» de la nuit, un nombre immense de curieux encombraient les
» abords du Palais de justice, les boulevards et tout le par-
» cours jusqu'au-delà du pont à bascule. Chose bien affligeante
» à dire, cette foule avide a manifesté des sentimens indignes
» d'une nation civilisée; elle a couvert de huées et d'outrages le
» malheureux condamné, qui, malgré ses crimes, aurait dû en
» ce moment suprême, exciter une profonde pitié; des femmes,
» de jeunes filles, des enfans, poussaient des vociférations de
» cannibales, contre un homme que l'on conduisait au supplice.
» Dans leur honteux acharnement, on les entendait se dire que
» la justice humaine était trop douce pour un aussi grand crimi-
» nel; ils auraient voulu jouir du spectacle de sa torture !!! » (1)

Cependant que faisait et disait le condamné pendant ce trajet plein
d'ignominie. Grâce au zèle et aux exhortations de l'abbé Cellier,
il priait Dieu pour ses ennemis, et à plusieurs reprises il dit:
«Je me réjouis maintenant; j'en mérite bien davantage; que Dieu
m'en tienne compte; prions pour eux.» Ce qu'il fit en effet, et
tout le long de la route, il lut dans un livre apporté par son
digne confesseur, les prières des agonisans, et même il se confessa.

Près de Bouzigues, toute la population s'était portée sur la
grande route, et à la montée, des cris horribles s'y firent
entendre. Le condamné montra la même abnégation, et sa résignation n'en était que plus sublime; il ne démentit pas ce qu'il
avait promis à l'Aumônier, qui, lui parlant de Pascal Fabre, lui
avait cité son exemple, et comment il mourut avec courage et en
chrétien: « Je vous l'ai promis, je ne faillirai pas; vous verrez
que je ferai comme lui; » et il tint parole.

Quelque résigné à mourir que fût Pomarèdes, l'instinct de la
conservation luttait en lui contre le courage qu'il s'était fait.
On en peut juger par ceci. Avant d'arriver à Bouzigues, où des
curieux en grand nombre s'étaient échelonnés le long de la route,
il dit à M. Cellier: « Savez-vous la drôle d'idée qui me passe
par la tête? Vous savez que je veux mourir, que je suis prêt et
que j'en aurai le courage. Eh bien! malgré cela je pensais: si
quelqu'un venait m'enlever sur la route! N'est-ce pas, ce n'est
pas un péché que de penser à cela? » L'Aumônier s'étant em-
pressé de le rassurer il ajouta seulement: « Que la volonté de
Dieu soit faite! »

(1) Extrait du *Courrier du Midi.*

A Montagnac, le fatal convoi rencontra vingt-cinq hussards qui avaient été détachés pour l'escorter jusqu'à Pézenas ; il y arriva à 10 heures et quart. La curiosité y avait attiré un immense concours de spectateurs, avides d'assister aux derniers momens du trop célèbre Pomarèdes ; non-seulement toutes les populations voisines s'y étaient portées en masse, mais de lieux plus loin même, la foule était accourue.

Aux avant-bords du pont de Peyne, elle était tellement aglomérée, que le convoi se vit obligé de ralentir sa marche, et qu'il fallut la plus grande prudence pour arriver à la geôle de Pézenas. Mais, si l'on doit déplorer l'avide curiosité qui a mis en mouvement une telle multitude, on doit aussi, à sa louange, reconnaître que l'attitude de tous a été grave et presque solennelle, et que le seul sentiment qui se soit manifesté, fut celui d'une douloureuse anxiété.

La vaste place de Saint-Jean, d'une surface de 14 ares, s'était couverte d'une masse si compacte que l'on pouvait craindre bien des malheurs, qui, heureusement, ne se sont pas réalisés. Les fenêtres, les balcons, les toits des maisons environnantes, les arbres de la route étaient animés par des milliers de spectateurs ; la spéculation avait construit sur un terrain clos et le long des maisons, des échafaudages dont les places payantes s'enlevaient comme s'il s'agissait d'une fête. Toutes les avenues même de la place regorgeaient de monde venu en voiture et à dos d'âne, à pied et à cheval. A plus de cinq lieues à la ronde on n'eût pu, pour ainsi dire, à aucun prix, se procurer le moindre moyen de transport. Quand arrivèrent les populations de Montagnac et de Béziers, avec leurs affluens, on eût dit d'une émigration en masse. Aussi la petite ville de Pézenas, d'ordinaire si paisible, présentait-elle ce jour-là, un coup-d'œil certainement unique dans ses fastes et dont on parlera encore dans cent ans d'ici. On peut, sans exagération aucune, évaluer à 35 et peut-être 40 000, le nombre d'étrangers accourus en l'honneur de Pomarèdes.

On déposa celui-ci dans une vaste salle de la prison, servant aux prisonniers de passage. Il s'y confessa immédiatement. Assis sur une chaise à côté de son confesseur, il avait le visage calme, mais attristé ; tenant le crucifix des deux mains, il baisait à maintes reprises l'image du Sauveur, et d'une voix fortement altérée, il disait : « J'ai mérité mon sort, que Dieu me pardonne ; je voudrais souffrir davantage. »

Après ces paroles, ses yeux se mouillèrent de larmes ; et quoique son émotion fût grande, on remarquait une résignation extrême dans les traits de son visage qui n'étaient nullement altérés.

Par réflexion, un sourire léger vint se montrer sur ses lèvres ; il remit à M. l'abbé Cellier l'amulette, avec recommandation expresse de la donner à la personne qu'il lui avait désignée, et le pria de nouveau de vouloir bien engager M. de Massilian à donner de la publicité à sa lettre.

« Veuillez aussi, ajouta-t-il, remercier pour moi mon codétenu, bon compagnon et le seul qui ne m'ait pas trahi. »

Pomarèdes, en ce moment, était vêtu de l'habit usité dans les maisons pénitentiaires ; un bonnet de coton noir couvrait sa tête ; une médaille était suspendue à son cou.

Dix minutes après, M. Cellier ayant reçu sa confession, invita les personnes restées dans la pièce contiguë à entrer. Il demanda à Pomarèdes s'il désirait prendre quelque chose ; sur son refus il l'engagea à boire du moins un verre d'eaue Pomarèdes alors lui dit : « Puisque vous voulez que je prenn. quelque chose, j'accepterai du café. » On fut de suite en chercher chez M. le Juge de paix, où se trouvait préparé, en cas de besoin, un bouillon, ainsi que d'autres cordiaux. Le retard qu'on mit à le lui apporter s'explique par l'éloignement de la prison et la difficulté qu'il y avait à traverser des rues obstruées de monde. Pendant cette attente il demanda l'heure qu'il était, on lui répondit 11 heures.

Ce délai fut mis à profit par des exhortations religieuses souvent reprises ; les yeux du condamné se mouillaient de larmes, surtout au souvenir de sa femme. Ayant remis le crucifix à M. l'abbé Cellier, Pomarèdes ouvrit un livre de prières, et après avoir fait le signe de la croix, il lut à mi-voix et avec un calme parfait, les prières des agonisans, mettant dans cette lecture toute l'onction et le sentiment d'une âme bien pénétrée des sentimens religieux.

Enfin on apporta la tasse de café ; il la but d'un seul trait, et comme il restait au fond quelque peu de sucre, il le secoua et l'acheva aussitôt. M. Robbe, commis-greffier du Tribunal civil de Béziers, vint alors lui lire le rejet de son pourvoi. Cette longue lecture fut écoutée par lui avec une attention soutenue ; aucune altération ne se manifesta sur son visage. Avant de se retirer, le greffier demanda à Pomarèdes s'il n'avait pas de révélations à faire. Ce dernier répondit qu'il avait fait tout ce qu'il devait faire. Immédiatement après que le greffier fut sorti, entrèrent les trois exécuteurs. Celui de Perpignan s'avança vers lui en le saluant, et lui demanda la permission de remplir son devoir. Un serrurier vint pour dériver les fers qu'il avait aux pieds, et comme, peu coutumier du fait, il mettait de la lenteur dans cette opération, il aida lui-même de son mieux avec un parfait sang-froid.

Sitôt qu'il fut déferré, commença la fatale toilette. L'exécuteur lui dit de se lever et d'ôter sa cravate, puis d'ôter son gilet; ce qui l'affecta, parce qu'il tenait par décence, à être couvert. Sur une observation réitérée il l'ôta; alors l'exécuteur lui coupa, par derrière, la chemise, en remontant en biais vers le collet, à droite et à gauche. Au premier coup de ciseaux, il frissonna; sans doute le fer l'avait touché à l'épaule. M. Cellier eut soin de détourner son attention par des exhortations pieuses, et de l'encourager à la résignation, en lui offrant constamment le Christ à embrasser. Alors encore il répéta plusieurs fois: Je mériterais de souffrir davantage; ô mon Dieu, pardonnez-moi! On lui attacha les mains derrière le dos, et les jambes de façon à ne pas trop gêner sa marche; on lui jeta sa veste sur les épaules, en nouant les manches par-devant, et d'un pas ferme il s'avança vers la porte de la prison avec l'abbé Cellier et suivi des exécuteurs.

Il était 11 heures et 10 minutes; la charrette attendait sa proie. On y fit monter Pomarèdes, qui s'assit sur une chaise à côté de son dernier consolateur. Aussitôt le lugubre cortége se mit en marche vers la place Saint-Jean, où était dressé l'instrument du supplice. Pendant la route, le patient ne cessait de répéter que ce n'était pas assez souffrir. « Je voudrais, disait-il, avoir le poing coupé. » Il descendit péniblement, parce que ses jambes étaient liées, mais on a cru à tort qu'il s'était trouvé mal; au contraire, se redressant à l'instant, il suivit vivement sur l'échafaud l'abbé Cellier qui l'avait devancé, et, regardant avec assurance de tout côté, il embrassa son confesseur. Dans ce moment un des bourreaux lui enleva le bonnet, et lui, alors, sans attendre aucun aide, par un mouvement brusque et prompt comme l'éclair, finit de se débarrasser de sa veste et s'élança sur la planche fatale qui bascula aussitôt. Un moment de silence et de stupeur, et déjà sa tête était tombée sous l'horrible couteau ; quand un long cri d'effroi retentit du milieu de la multitude épouvantée, tout était consommé ; il sonnait 11 heures et quart.

L'Aumônier, vivement ému et qui à peine avait eu le temps de descendre avant le coup fatal, se retira par un étroit passage que la force armée lui avait ménagé à l'avance, par la maison Bénezech. — Les *Pèlerins* (confrérie établie à Pézenas et organisée comme les Pénitens bleus ou blancs), chargés d'ensevelir les suppliciés, vinrent, suivis du vicaire de la paroisse qui fit l'absoute, prendre le cadavre dans une civière et le transportèrent au cimetière. Selon l'usage, une fosse avait été ouverte sur le seuil même de la porte ; les restes de Pomarèdes reposent au-dessus d'un autre supplicé, nommé Hilaire, également de Caux, qui fut exécuté à Pézenas, en 1815, pour un horrible assassinat, et tout à côté d'une demoiselle *Rigal*, dite la Sainte, dont le dernier vœu, en mourant, avait été d'être inhumée à côté des suppliciés.

Cette scène d'horreur et d'attendrissement avait fait sur la foule une profonde impression ; à moins d'avoir perdu tout sentiment humain, on ne se laisse pas impunément attirer par la curiosité, au spectacle de la mort d'un homme ; aussi plusieurs personnes en furent-elles gravement affectées. Une dame, au café Bénezech, fut saisie de ce spasme nerveux qu'on appelle vulgairement la danse de Saint-Guy, et dansa frénétiquement tout autour de la salle, jusqu'à ce que, privée de forces, elle tomba évanouie. Une victime plus à plaindre, ce fut M. Audrin, adjoint au commissaire de police ; excédé de fatigue et d'émotion, il fut encore obligé le soir, d'assister immédiatement après l'exécution, au spectacle de jour où l'appelait son service. Au sortir de la représentation il se sentit incommodé, et vers les trois heures du soir, il n'était plus : sa mort avaitété presque instantanée.

L'exécution ayant eu lieu avant midi, beaucoup de curieux arrivèrent trop tard. La foule se retira lentement et en silence ; aucun désordre n'a été à déplorer. On doit des éloges aux autorités de Pézenas, à M. le Procureur du Roi et aux commandans de la force-armée dont les mesures furent si bien concertées et exécutées, que l'ordre qui n'a cessé de régner peut être cité comme un modèle dans ce genre.

FIN.

Montpellier. — Imprimerie de BOEHM et C.e, boulevard Jeu-de-Paume.

Chez VIRENQUE, libraire, éditeur et propriétaire, seul posses-
seur du restant du Procès, in-8°, édition Martel, et où l'on trouve
la collection des quatre Lithographies, à 25 centimes chacune,

A MONTPELLIER.

Lith.de Poitevin à Montpellier.

Chez Virenque, libraire, éditeur.

La place St Jean à Pézenas,

Pris de l'Exécution de Hommades, le 19 février 1832.

55